KB149883

온순한 뿔

황금알 시인선 30

온순한 뿔

초판인쇄일 | 2009년 09월 17일
초판발행일 | 2009년 09월 25일

지은이 | 장인수
펴낸곳 | 도서출판 황금알
펴낸이 | 金永馥
선정위원 | 마종기 · 유안진 · 황학주 · 강세환
주 간 | 김영탁
편집실장 | 조경숙
표지디자인 | 칼라박스
주 소 | 110-510 서울시 종로구 동숭동 201-14 청기와빌라2차 104호
물류센타(직송 · 반품) | 100-272 서울시 중구 필동2가 124-6 1F
전 화 | 02)2275-9171
팩 스 | 02)2275-9172
이메일 | tibet21@hanmail.net
홈페이지 | http://goldegg21.com
출판등록 | 2003년 03월 26일(제300-2003-230호)

ⓒ2009 장인수 & Gold Egg Pulishing Company Printed in Korea

값 8,000원

ISBN 978-89-91601-68-0-03810

*이 책은 2008년 경기문화재단의 창작기금을 받아 제작되었습니다.
*이 책 내용의 전부 또는 일부를 재사용하려면 반드시 저작권자와 황금알
  양측의 서면 동의를 받아야 합니다.
*잘못된 책은 바꾸어 드립니다.
*저자와 협의하여 인지를 붙이지 않습니다.

온순한 뿔

장인수 시집

황금알

무논에는
팔딱 뛰는 수천 마리 목울대
울음 소나기, 울음 농사
풍덩! 숲은 새소리로 시끄럽다
꽃들의 향기가 사방을 가득 채운다
고양이들은 담장 넘기에 분주하다
고양이 뿐이랴

2009년 여름
장인수

차 례

1부

2부

3부

4부

1부

울음 곳간

딱따구리는 애벌레를 만나기 위해
나무를 쪼는 것이기도 하지만
어떤 녀석은 순전히 숲의 가장 안쪽 심장부인
나무의 자궁에 울음 곳간을 만드는 것이다
나이테라는 시간의 둥근 지층에
울음 곳간을 만드는 것이다
지난여름 천둥 번개가
계곡에 쏟아 부었던 구름의 울음
심지어 양지에 모여 참새처럼 오글거리던 어린 명아주까지
이 산 저 산 침묵을 물어다가 저장하기 위해
울음 곳간을 만드는 것이다
우리 집에도 딱따구리가 살고 있다
따다다다다다 따발총을 쏘는 아내의 수다도
입 닥치라는 아내의 수다도
사실은 제 몸에 울음 곳간이 있기 때문이다

정곡

저수지에 돌을 던진다
풍덩
파르르 열리며
수면에 동그란 과녁이 생긴다
과녁의 정곡正鵠에 깊이 박히는 돌

신기하다
무언가를 던지면
순간 순식간
자신에게 닿는 무언가의 존재에게
저수지는 중심中心을 내어준다

명중
잠시 후 흔적 없이
과녁을 소멸시키는 저수지

저수지는
자신의 중심을 뚫고 들어온 존재들을
고요와 격랑의 아득한 틈으로

밑바닥에 흐르는 끈적한 시간 속으로
질을 지나 자궁 속으로
착著 착착
들어 앉힌다

보석

2009년 충북 진천
용대 마을의 장충남씨 댁 툇마루
햇살 고운 날 고양이 한 마리가 자신의 성기를 정성스럽
게 핥고 있다
두 다리를 좌우로 쩍 벌리고 척추를 둥글게 오므리고
혓바닥이 마르고 닳도록 자신의 음부를 핥고 있다
대청소를 하듯 점점 선명해지며 반짝이는 음부
제 몸의 정전기를 없애기 위해 핥는다는 얘기도 있지만
눈동자보다 더 깊이 반짝이는 음부
보석 같은 음부
69살의 장충남씨는
씨감자를 텃밭에 심느라 여념이 없다

암흑

수많은 별을 허공에 걸기 위해
초저녁은 얼마나 힘들게 사다리를 올랐을까
수많은 별을 빼내기 위해서
새벽은 또 얼마나 높은 사다리를 올랐을까
충북 진천 초평 자갈밭에 누워 미행하듯
겹겹 무량無量한 암흑을 뚫어져라 바라본다
우주의 74%는 암흑 에너지
우주의 22%는 암흑 물질
암흑을 허공이라 부르기도 한다
어디선가 개골개골 수만 겹 울음 혈관을 따라
아카시아 향기가 퍼진다
암흑에 무명無名의 별을 걸고 빼는 분
별빛 한 채 켜고 끄는 분
외딴 집 할머니는 알고 계실까

나는 아주 나쁘다

나는 남자라서 나쁘다
충청도 종자라서 나쁘다
나는 기독교인이어서 나쁘다

우리 사회에 이런 말씀도 통한다
정말 나는 상태가 나쁘다
사회는 온갖 담금질을 한다

풀벌레 많은 시골은 상태가 나쁘다
모기 많은 밤거리는 기분 나쁘다
풀벌레 우는 밤은 예술처럼 청승맞다

나는 고등학교 선생이라서 나쁜 놈이다
이 나라 교육열이 높아서 나쁘다
점수 잘 올리는 수업을 꽤 잘 한다

인간 종족이 싫어질 때가 있다
내가 인간이라는 것이 미안할 때가 있다
한 잔 술맛은 좋고 꽃이 필 때다

나는 아주 나쁘다
시를 쓰기 때문에 나쁘다
시인은 낭만이 너무 가혹해서 나쁘다

눈치 없이 세상을 까고 싶다
늑대처럼 울부짖으며 욕하고 싶다
죽을 때까지 평생 불빛을 향해 울부짖고 싶다

막말이 통하는 여자

시 모임에 나가면
쏠쏠한 재미가 있다
그 여자 또 만났네
잡아먹을 수 없는 여자
비릿한 여자
갯벌보다 더 푹푹 빠지는 여자
산낙지 개불 비린내 나는 여자
시 잘 쓰는 여자
많은 남자 시인 틈에서
나보다 유명하고 시 잘 쓰는 여자
너무 시리고 씁쓸한 여자
독충인 여자
막말을 막 하고 막 받아먹는 여자
나는 영원한 촌놈이고 촌뜨기
자정이 되면 슬그머니
자리를 뜨는 남자
집으로 향하는 빠른 발걸음
뒤돌아서면 남남
손도 잡아보지 못한 여자

그냥 말벗인 여자
밀물처럼 만났다가
썰물처럼 헤어지는 여자

바람, 바람, 바람

바람은 우주의 주요 성분이다. 목성에는 시속 400㎞의, 토성에는 시속 1600㎞의, 해왕성에는 시속 2000㎞의 바람이 불고 있다. 바람은 쉬지 않는다. 지구에는 허리케인이 1년에 10번 정도 발생을 하는데 초대형 초고속 허리케인의 경우 시속 260㎞였다. 젊은 시인 신용목은 바람을 다 걷고 싶다고 했다. 최고의 음유시인 밥 딜런은 얼마나 많은 귀를 가져야 타인의 울음을 들을 수 있으며 그 대답은 오직 바람만이 알고 있다고 했다. 조용필은 꽃나무 자라나서 바람에 꽃잎 날리면 쓸쓸한 너의 저녁 아름다울거라고 노래했다. 지구보다 지구 밖에 더욱 거센 바람이 불고 있다. 우주는 바람의 천국이다. 작은 흔들림조차 바람이라고 인식하는 인간은 바람의 혈통이다.

바람의 직계

심층에서 표층까지 지구 위를 쉬지 않고 뛰어서
해양을 일주하는 데 1500년이 걸리는 파도
지구가 돌면서 파도가 인다
해류를 따라 선회하는 삶, 바람
구름이 몰려온다
바람의 관절
바다 건너에서 빗방울을 운반한다
하늘과 땅이 합류한다
구름의 영혼은 이미 먼 곳으로 퍼져나가고
빗방울들은 달음질친다
오리들이 우루루 비상한다
저놈들은 바람의 직계 종족이다

몸살

강물 앞에만 서면
왜 이리도 몸살이 나는가
서둘러 재촉하지 않는 유속의 보폭을
따라가고만 싶은가
다만 하루 삼십 분만이라도
강물의 출렁임을 얻어 탈 수 있다면
미물을 끊임없이 어루만지며 뒤척이는 존재계存在界
만나지 말아야 할 사람도
바다에 이르러
다시 만나지는 법法
월요일이
일요일로 노를 저어
나란히 흘러갈 수만 있다면
다시 만날
사람보다 조금 앞서 달려가
먼 출렁임을 미리 기다리기라도 한다면

고무장화

하루 종일 무논에서 뒹굴던 종아리
퉁퉁 주름의 탄성으로 부어올라
고무장화와 꽉 맞물려 있었네
후일 변두리 도시의 발목에 터를 잡게 되었을 때
이제는 고무장화 따위 신을 리 없겠다고 했는데
도시의 뒷골목 전체가
고무장화라는 사실을 알았네
뒷골목은 질겼네, 질퍽했네
낮에도 밤에도
질긴 고무장화를 벗지 못하는 사람들
그들의 혀뿌리는 더욱 질겼네
누가 그들의 부은 발목에서 모진 장화를 벗길 것인가
불가능해 보였네

봄에는 구멍이 많아진다

흙의 각질을 뚫고
기지개와 혀가 튀어나오고
긴 꼬리가 스멀거리고
까맣게 부릅뜬 눈동자가 굴러 나와
알을 낳고
올챙이와 민들레로 피어나고
뱀으로 자라나고
수많은 꽃잎으로 퐁퐁퐁 터지는 구멍
강아지가 킁킁거리며
파헤칠 때
포르릉 뛰며 달아나는 아지랑이와 나비
목구멍이 간지러운 구멍
벌컥벌컥 달빛을 받아 마시는 구멍
빛이 먹고 싶었던 구멍
홀로 어두웠던 구멍
텃밭 가득
온몸이 간지러워 미칠 것 같았던 구멍
더 깊은 지하를 깨우는 구멍
혀뿌리까지 깨어난 구멍은

아주 오랫동안
잠들지 못할 것입니다

후미

어릴 적부터
골목까지 따라오던 달
사십 년이 지난 지금도
내 등 뒤를 따라오고 있다
이 세상에서 가장 긴 꼬리를 가진 듯
먼 과거로부터 쉬지 않고
후미를 따라온다
술 취해 골목을 악보처럼 걷는 이 밤
달빛도 비틀거리며 흥얼거린다
내 눈에서 흘러나오는 붉은 열기와
창문에서 새어나오는 작은 온기가
달빛을 뿌옇게 흔들며 음표로 만들고 있는 것이다
지구의 고독한 골목을 핥으며
골목의 가랑이를 벌리며
누구 오줌발이 더 센가 내기를 하면서
취기에 흥얼거리는 달

소금

해안에는 파도가 부려놓은 수많은 갈증이 철썩인다
수평선에는 끝 모를 갈증의 출발점이 있다
밀면서 따라오는 뒤파도의 행렬
앞파도가 뻘뻘 흘리는
짜디 짠 갈증

이번엔 거꾸로
까마아득하게
수평선까지 뒷걸음질치며 후진했다가는
다시 해안을 향해
울컥울컥 으스러지게 달려오는 파도의 갈증
땀범벅의 쓰라린 철썩임

수평선이
심해의 가장 안쪽 심장부에서
물거품 터추며
게워낸 갈증
신神이 창조한 가장 순수한 결정체의
처절한 몸부림

사선死線을 뚫는다

수십 킬로미터 초원을 가르며 달려 온 누 떼
잠시 숨고르기를 하며 서로의 얼굴을 응시하며
망설인다 망설이다가 서성거리다가 입김을 품다가
발가락에 힘을 준다 강기슭의 모래진흙을 뭉개며
달린다 득실거리는 악어 떼의 아가리로 달린다
몇 마리 누의 몸이 찢기며 수만 송이 붉은 꽃잎이 핀다
두두두두 다투어 강물을 건너며 꽃이 되는 누 떼
붉은 꽃을 밟고, 악어를 밟고, 물보라를 밟고
물의 살과 뼈를 밟고 두두두두두 수면을 달린다
몇 마리 물 아래로 잠긴 녀석의 최후를 밟고
집단의 힘으로 앞탄력이 뒤탄력을 이끌며
물살의 멱살이 되고, 물보라가 되어 달린다

2부

말뚝

산비탈 고추밭에서 종일
망치질을 한다
말뚝은 망치질을 먹고 자란다
꿩 울음에 장단 맞추고
더덕 향기에 정신을 놓다가
손등을 두어 번 내리찍는다
말뚝은 첫서리가 내릴 때까지
고추의 초병이 되고 버팀목이 되어
비탈 밭에 꼿꼿이 서 있을 것이다
어떤 말뚝은 땅내를 맡고
거꾸로 깊이 박힌 채
푸른 순을 마디마디 틔우며
실뿌리를 내리기도 할 것이다

온순한 뿔

시골집에는
짐승이 뛰놀던 터가 있다
평상平床에 누워있으면
살살 발가락을 핥아대던 짐승
초등학교 때 염소를 쳤다
다섯 마리가 불어서
삼십 마리가 넘은 적이 있다
등교할 때 냇둑에 풀어놓았다
느닷없이 소나기가 퍼부은 날
우루루 학교로 몰려와
긴 복도에서 서성거렸다
비 그치고 내가 앞장을 서니까
염소들이 새까맣게 하교를 했다
염소는 수염이 멋있었다
암컷도 살짝 수염이 나 있었다
사실 염소는 새까맣고
주둥이는 툭 튀어나왔고
울음은 경운기처럼 털털거리고
아무거나 먹어치우고

두엄에도 잘 올라가는 천방지축이었다
얼룩을 좋아하고
뿔도 삐뚤어졌고
농작물도 닥치는 대로 뜯어먹고
신발 끈도 씹어 먹으며
나쁜 짓을 골라서 하는 골목대장이었다
하지만 먼 곳의 소리에 귀 기울이고
높은 바위를 잘 타며
구름 속 비 냄새를 맡을 줄도 알고
꽃도 열심히 따 먹고
가시 달린 찔레순도
찔리지 않고 잘 씹어먹었다
무엇보다도 눈썹이 길어서
눈가에 하늘거리는 멋진 그늘을 가졌고
뿔은 온순한 고집이었다
염소도 식구였는데
지금은 터만 남아있다

민들레 새가 되어

잠깐 쳐다본
겨울 하늘에
참새보다 작은 새 몇 마리
높이 솟구쳤다

하늘로 몸을 던진 새는
먼 곳으로 유배를 떠난 것인지
하늘을 건너가고 있는 순례자인지
끝내 시야에 나타나지 않았다

허공의 강심江心에
작은 구멍 하나 뻥 뚫고 들어간 자리
노을의 진액 줄줄 흘러내리고
더 깊은 적막에
빠졌다

언젠가 저 구멍에
내 영혼도 잡혀 들어가
영원히 종적을 감추리라

늑대

사람보다 더 외로운 길
혼자서 부르르 떨며
푸른 달빛에게
울음을 쏘는 길

바람의 비린내를 따라
미친 듯 내달리는 길
어떤 풍경은 놓치고
어떤 동정도 없이

산허리를 돌고 돌아
초원의 야경이 끈질기게 기어오르고
바람의 뼈까지 부수어 먹는
달빛을 향한 울음

사람보다 더 외로워서
아득한 바람 한 줄기 밤새 추격하다가
쓰러지는 길

별

12월의 하늘에는 묵은 공기가 거의 없다. 매서운 발톱을 지닌 찬바람이 허공을 쏘다니기 때문이다. 긁힌 허공에 살짝 탄로된 별의 탄생석. 별의 조도照度가 낚시 바늘의 미늘처럼 시퍼렇다. 그 별 중에는 냉철한 허무주의자도 있을 것이다. 어떤 별의 동공은 제 묵은 발톱을 짓찧어 새로운 발톱이 돋아나기를 기다리는 야수보다 매섭다.

혀

참외 껍질 조각을 어항 속에 넣었더니
참외 혀와 다슬기 혀가 늘어붙어서 놉니다
밖에는 가랑비 옵니다
가랑비가 오니까 사방팔방 혀가 왜 이리 많나요?
벽면과 땅바닥에 숨어있던 얼룩이 기어 나오고,
혀들이 모두 기어 나와 얼룩을 핥습니다
나뭇잎도 혀이고 꽃잎도 혀입니다
아스팔트의 긴 혀는 타이어를 정신없이 핥습니다
빗방울은 혀의 유두가 됩니다

교차

창문이 창문에게
들판을 건넨다
언 강을 건넨다
날아가는 새도 건넨다
시속 80km의 창문이 창문에게
풍경을 소주잔처럼 건넨다
창문이 덜컹거리며 춘천으로 간다
언 강이 춘천으로 따라오는데
아직 돌아가지 못한 풍경을 기다리며
뒤에 샛강이 남아 있다
나는 이편 창문에 타고 있는데
저편 기차의 창문에도 내가 막 타고 있어서
안녕!
반대편으로 떠나면서 손을 흔든다
창문이 창문에게
쓸쓸한 풍경을 건넨다

서울역에서

철도에는 낭만이 있고 만주 벌판이 있다
철도에는 활극이 있고 초원과 코미디가 있다
세계 강국들이 부지런히 철도에 투자하고 있다
코스모스 피어있는, 이쁜이 곱분이도 모두 나와 반겨주는
정든 고향역이 도처에 있음을 우리는 느낀다
대합실 밖에 밤새 송이눈이 쌓이는 간이역도 도처에 있다
KTX를 타고 달려보니 녀석도 낭만이 있고 철학이 있다
그냥 풍경을 지우며 빠르게만 달리는 게 아니다
또 다른 풍경과 낭만을 싣고 달린다
까뮈는 진실은 빛과 같이 눈을 어둡게 하고,
거짓은 저녁노을과 같이 모든 것을 아름답게 보이게 한다
고 했다
열차의 바깥 풍경은 진실과 거짓 그 중간쯤인 듯하다
열차는 달려가면서 무언가를 추방하는 존재이기도 하다
어딘가에 있을 다른 풍경이나 살아있음의 의미를 만나기
위해
열차는 아무도 찾지 않는 바람 부는 낙엽처럼 떠난다

이빨

인간에게는 이빨이 있다
아동기를 거치면서 이빨을 빼야 한다
이 때, 치과에서 빼느냐
엄마 아빠가 빼느냐
아니면 본인이 빼야하느냐를 놓고 한참
실랑이를 벌여야 한다
이 때 이빨이 당하는 선택과 고민은 의미심장하다
이빨은 때로는 고통을, 때로는 통쾌함을 듬뿍 준다
씹는다는 것의 통쾌함은 이빨의 선물이다
이빨이 하나만이라도 빠진다는 것은
입술에 창문이나 구멍이 생긴다는 뜻이고
천진난만이 최고조에 달한다는 뜻이다
하지만 가장 말 안 듣는 악동이 된다는 뜻이다
이빨을 잃는다는 것은 무척 큰 공포이다
하지만 아이들은 그 자리에 다시 이빨이 돋는다
가지런하고 고른 치아가 나올 수도 있고
뻐드렁니가 삐딱하게 고개를 내밀 수도 있다
이빨은 웃음이 있고 날카로움이 있다
아이의 이빨 서너 개는 반드시

아빠 엄마가 빼주어야 하는 이유가 거기에 있다
나머지는 본인이 빼건
치과의사가 빼건 상관이 없다

독수리

일단 하늘로 날아오르면
바람의 추진력으로
하루 300킬로미터를 날아간다
수십 시간 땅에는 내려앉지 않고
바람의 망토를 입고 기류 속에서 선잠을 자면서
바람의 고가도로를 질주하면서
고비 사막을 지나
해란강을 건너 굶주림과 추위를 뚫고
철원으로 날아온다
한반도엔 어떤 독수리 인간들이
기다리고 있는 것일까

공기의 냄새

지구가 태어난 이래
아침은 매일 여지없이 찾아왔다
또 떠나갔다
지구는 다 큰 암컷이다
지구는 지금도 어딘가로 날아가고 있는 향기다

누군가 세수를 할 때
환한 얼굴로 하늘을 향해 기지개를 켤 때
지구가 돌며 아침이 온다

한 쪽이 저녁이면 지구 반대편은 아침이다
지구는 아침을 피운다
아침은 맑고 상쾌하게
멀리 퍼진다

지구의 회전이 노을을 터트린다
달도 돌고 태양도 돈다
어딘가에서 별이 뜨고
허공이 꽃송이로 가득 찬다

강물이 흐른다
강물의 냄새를 맡으러 간다
떠나면서 찰찰거리며 뭐라고 소곤거린다
지구에는 낮은 향기가 가득하다
지구는 다 큰 암컷이다

동행

강 밑을 날으는 그림자새는
강 위의 일가—家를 따라
물방울의 무수한 눈빛과 마주치면서
길고 멀리 비행하는 것이다
감쪽같이 물방울로 몸을 바꾼 붕어의 정령을 보았고
수많은 물방울의 반짝임 사이로
구름의 포영泡影을 보았고
대패질하듯 흘러가는 물살의 유전流轉을 보았고
물얼룩 찍을 사이 없이
길고 멀리 빠르게 흘러가다가
깃털을 떨구는 강 위의 본바탕을 보았다

빗방울

빗방울의 속도가 온 세상에 가득하다
한 마리 뒤에 또 한 마리가 날고 있다
허공을 빠져 나가려고 한다
오늘 하루 종일
우루루 떼를 이루어 빗방울이 몰려다닐 것이라고 기상청
이 말했다
지구는 빗방울에게 자신의 리듬을 맡긴다
빗방울이 온 세상에 발을 담그는 속도로
지상의 시간이 흘러간다
빗방울이 꽃잎에 붙었다가 소리 없이 떨어지는 몸짓
우산을 쓰고 쭈그려 앉아 상추밭의 풀을 매는 몸짓
창문을 열고 멍한 표정으로 침묵 한잔 하며 먼 산을 바라
보는 몸짓은
모두 빗방울이 만든 동작이며 시간이다
빗방울이 공간에 스며드는 속도로 시간은 흘러간다

다중적인 우주

우주는 단지 하나?
우주는 셀 수 없이 많은 걸
하늘은 우주보다 작은 공간일 뿐
지구의 살내음 철벅대는 이곳을 떠나서
하늘문을 열고 나가야 해
토성은 다섯 개의 달을 가지고 있지
풀 냄새가 없다지
달은 스스로 빛을 내지 않아
밤하늘에 반짝이는 광점光點들은
또 다른 태양들이라지
태양은 하나가 아니라 수천 개나 되는 걸
'아무 탈 없이'라는 말도
'양지'라는 말이 아직은 필요 없는 곳이라지

3부

수평선

　그곳에는 우주의 그림자 소리 없이 지나가며 하루에 한 번씩 둥근 지구라는 알전구에 불을 켜고 끄는 손길이 있다. 늘 내파內波하는 곳. 진동과 파장이 너울치며 건너오고 있는 곳. 지금 떠오르고 있는 태양은 매초마다 400만 톤의 수소를 폭발시키며 수평선을 찢고, 양육하고, 데우고 있다. 발광! 도화선인 수평선!　초당 60,000,000억 개의 전자우電子雨가 쏟아지는 곳. 수천 억 도의 폭발 울음을 우는 곳. 바다와 하늘이 서로 살과 뼈를 핥고 부비는 곳. 수평선은 바람의 유폐지. 내재한 다산성 때문에 결코 멸망할 수 없는 종족인 바람이 단 한 번도 멈춘 적이 없는 곳. 지구 밖에도 우주의 어두운 수평선이 놓여 있다. 그 바깥은 아무도 알지 못한다. 그곳에도 또 다른 별빛을 켜고 끄는 손길이 있다.

물갈퀴

새떼들은 수백 번씩 물결 속으로 잠수했다
골지고 비릿한 파도의 자궁을 만졌던가
파도의 내부에는 얼마나 많은 물갈퀴 자국이
몸부림치며 찍혔다가 소멸했을 것인가
바닷길을 길게 따라붙는 물갈퀴는 그의 것이었을까
하늘로 날아올라가 울음을 토하는 물갈퀴
저 혼자 저렇게 뜨거워진 울음을 이 지상에서
나는 아직 받아본 적이 없다

타이탄

비가 내린다
지구의 빗방울보다 서너 배 큰 빗방울
풍선처럼 둥둥 유영하면서 내린다
지구에도 지금 비가 내리고 있단다
푸른 액체 넘실대는
지구 동네의 푸른 허공은
빗소리가 여행하기에 무척이나 좋은 구조여서
지구는 온통 찰랑찰랑 소란스럽다
하지만 타이탄의 허공은
소리 전달 매체가 없단다
고함을 질러도 전달이 되지 않는다
빗소리 없는 타이탄의 비
중력이 약해서
허공을 둥둥 떠다니며 내리는 빗방울
지구의 빗소리가 그립다

옥수수

멍석에 누워 옥수수를 먹으며 밤하늘을 본다
옥수수알이 입 안에서 톡톡 터진다
야성을 잃어버린 옥수수는 이제
저 혼자 씨앗이 터져 싹을 틔우고 번식할 수 없다고 한다
인간의 도움 없이는 번식할 수 없는 식물이 되어버렸다고
한다
그런 곡식의 촘촘한 알을 자근자근 따먹으며
별빛이 금니처럼 반짝이는 밤하늘을 아득히 바라본다
80년밖에 살지 못하는 인간에게
우주의 영원한 시간이란 무슨 의미가 있을까
1억년 뒤를 생각하며 지금을 살아간들 그게 무슨 의미가
있을까
어떤 별이 긴 꼬리를 치며 궤도를 이탈한다
낮, 하늘의 파란색도 지구의 생물이 만드는 것이라는데
오로지 지구만이 파란 대기를 가졌다는데
하늘의 파란색이 멸종하지 않는 한
지구는 동식물이 계속 번식한다는데
지금은 지구의 물질이 술술 우주로 빠져나가지 못하지만
언젠가는 지구 밖으로 달아날 것이라는데

우주의 심연 앞에서 우리는 과연 누구란 말인가

한 세대가 가면 또 한 세대가 오고 그 세대도 얼마 있지
않으면 가고

만물은 피곤하며 모든 말들도 피곤하며

땅도 하늘도 헛되고 헛되며 헛되고 헛되니 모든 것이 헛
되다는데

벌써 세 통째 아그작아그작 돌려가며 따먹는 옥수수알

우주 어디에 시퍼렇게 번식할 수 있는 옥수수알이었으면
좋겠다

만물의 피곤함을 수염으로 피워내는 옥수수였으면 좋겠다

별빛이 모두 옥수수알이었으면 좋겠다

망망대혀

갯벌의 조개들은
밀물의 설첨舌尖보다 더 거칠게 일렁이고 싶다
벌렸다가 닫히기를 반복하는 수평선의 설근舌根
해안선을 끊임없이 핥으며 열람하는
망망대혀!

오리 떼의 비상

저녁 천수만의 혓바닥이 신열로 들끓는다, 울부짖는다,
물어뜯는다, 쥐어짠다, 와르르 쓸어 넣는다, 쏼쏼 넘친다,
흘러내린다, 폭발이다

어찌 보면 분출이다, 저돌적이다, 발작이다, 총궐기다,
배후의 전면 부각이다, 전조前兆다, 구름의 뿌리다, 격렬한
무아無我의 늪이다

저 안에 눈물을 흘리며 기도하는 순례자도 끼어 있고, 방
금 뜬 저녁 별 몇 개도 끼어 있고, 우주의 유민과 양떼들도
섞여 있다

폴짝임

자신의 가장 보드라운
회색 깃털을 뽑아 입에 물고
포르릉포르릉
수십 그램g의 폴짝임으로
마중물을 퍼붓고 있는 새떼
첨벙거리는
물바가지가 되어
잎새의 목청마다
초록 공기 찰찰 샘솟도록
우듬지 길어내며
예봉산 숲을
들었다 놓는 박새들
멀리 양수리 두물머리 잉어 떼가
반올림으로 뜀질하며
열심히 응원을 한다

게

태어날 때부터
날카로운 연장을
손에 쥐고 나온 녀석들
무사의 발놀림처럼
문사의 붓놀림처럼
잽싸게 옆걸음 치는 놈들
살살 비켜 걸으면서도
앞을 보고 뒤를 보네
갯벌이라는 녀석,
본성이 아주 삐딱한 놈일세

오솔길

어떤 길은 외로워서
아무리 쾌활한 사람도
그 길로 접어들면
하염없이 외롭고 과묵한 사람이 된다

어떤 길은 약간 어리버리해서
아무리 똑똑한 사람도
그 길로 빨려들면
끊임없이 미친놈처럼 혼자 중얼거리며 걷다가도
문득 새소리에 고개 돌리는 순간
아무 것도 기억나지 않는 사람이 된다

길이 내 살을 만진다
몸속에 들어와 살기 시작한 길
피를 지나 늑골을 뚫고
시신경 안쪽을 접어 들어
하염없이 이어진 길

수화 手話

네 명의 중년 부부가
멍게를 썰어 소주를 마신다
술을 마시면 혀 놀림도 빨라지는 법인데
그들의 혀는 전혀 말을 못하고
대신 열린 수문처럼 빨라지는 손짓언어
수십 마리 나비 떼가 펄럭이듯
불빛을 향한 날벌레의 춤인 듯
공중 선회를 하는 벌떼인 듯
흩날리는 꽃잎인 듯
거슬러 오르는 붕어 떼의 몸짓인 듯
하염없이 퍼붓는 눈발인 듯
세상 미세한 출렁임에 가 닿아
새로운 느낌으로 탄생하는
더 빠른 손놀림

허공 쌓기

긴 팔을 허공에 뻗어
금요일에도
월요일에도
길고 긴 도르래 힘줄이

철재를 들어올린다
시멘트를 이동시킨다
초고층 허공을 쌓아올린다
지구의 고도를 높인다

칠백 미터 초고층빌딩
상승기류에 흔들흔들
기러기보다 높은 허공을 올라
구름의 오솔길을 파내어
벽을 치고 방을 들인다

일곱 살 아들의 꿈은
크레인을 타고
구름 사원寺院을 짓는 일

대기권 경계를 뚫고
더 높은 곳을 향하여
부름 받아 허공으로
나서는 일

주둥이

주둥이를 뻐끔거리며
잉어가 수면을 쭈욱 빨아마신다
하루 종일 저렇게 마셔댄다면
몸속에 또 다른 수로가 생기거나
꼬리에 세찬 폭포가 쏟아지거나
뱃속에 웅장한 용궁이 지어질 것이다
궁금하고 조바심 나서
매일 중랑천으로 마중 나가는데
봄비 흠뻑 내린 후
잉어 산모들이 모로 누워
비실비실 눈깔 뒤집고 있다
그 순간에도 주둥이는 껌뻑거리고 있다
북한산 그림자의 길고 긴 통로인 중랑천
마음 같아서는
내 육신을 푹 고아서
뼈까지 녹아나도록 푹푹 고아서
잉어에게 떠먹이고 싶다

바닥

길가에 박힌 돌멩이처럼
오래 누워 있어도
허리가 아프지 않은 나이
아이는 방바닥에 배를 깔고 누워
그림일기를 쓰고
영어책을 암기한다
그곳이 세상의 가장 낮고 편안한 곳이며
근원에 가장 근접한 곳이라는 것을
아는지 모르는지
혼자 재미있는 표정으로
곁에 책상과 의자가 있어도
방바닥에 배를 쩍 늘어 붙이고
성경책을 읽다가
우유를 마시다가
굼벵이처럼 꼬물거리고
가자미처럼 눈알을 굴릴 때
엄마한테 찔끔 혼나기도 하다가
어느새 입을 벌리고 잠들어 있다

할머니, 귀엽다

일요일 아침 7시 40분
녀석들은 벌써 강아지처럼 엉겨 붙었다
눈만 뜨면 싸우는 녀석들
아내는 참다 참다 드디어 회초리
큰 녀석은 여덟 대, 작은 녀석은 다섯 대
나잇값 하라며 나이로 눌러버린다
그때 텔레비전에서는 장봉도라는 섬이 나오고
97살의 김간난 할머니가
호미로 육질 좋은 바지락을 캐고 있다
"내일이 영감님 생신인데
 바지락으로 밥도 하고 국도 끓이려고."
앞니 몽땅 빠진 잇몸 사이로
뒤의 뻘이 들여다보이고
왁자한 썰물이 입술 주름 사이로 쭈글쭈글 지나간다
누런 콧물 훌쩍이며 벌서고 있는 다섯 살 녀석이
앞니 네 개 빠진 입술로 대뜸
"와! 할무니, 귀엽다."
그 말을 잘못 들은 부엌의 아내가
식칼을 든 채 텔레비전으로 시선을 옮기더니
"어머, 정말 가엽네."

4부

호명

우연히 밖에서 엄마를 보았다
버스 정류장
쪼그려 앉아서 하품하던 엄마를 본 순간
누에가 꿈틀대는 것 같았다
만나기 어색한 여자 같았지만
그날 중학교 때 엄마를 크게 불렀다
가슴을 와락 끌어안고
사이다를 사달라고 졸랐다
그 후 길거리에서 누군가를 만났을 때
일부러 큰소리로 호명을 한다
후다닥 달려가 인사를 한다
이유는 모르겠다

풍덩! 어떤 풍경에 발목을 헛디딘 아침

수서성당 마리아상 앞에서 누가 나를 불렀다.
"이봐, 젊은이. 이 나무 뻥 차주면 고맙겠구먼."
돌아보니 처음 보는 할머니였다.
느닷없는 부탁에
경로사상이 투철한 나는
발길질을 했다.
나무가 휘청거리며 쏟아내는
유쾌 발랄 까르르르르 황금빛
놀라운 음표들의 불시착!
"젊은이, 세 번 만 더 차 주면 고맙겠구먼."
나는 또 찼다.
마술에 걸렸다.
짜릿한 경로사상이여!
"더 세게. 더 세게! 젖 먹던 힘까지!"
굽은 허리의 할머니는 흥분의 도가니가 되었다.
그제야 내가 무슨 짓을 하고 있는지 알아차렸다.
은행털이범
젖 먹던 힘으로
아침 7시 10분 출근길, 헉!
우리는 얼마나 느닷없이
풍덩! 어떤 풍경에 발목을 헛딛는 것일까!

어느 짐승의 시간

와인을 사 들고 불쑥
형 집에 갔더니
일곱 마리의 강아지들이 졸래졸래 뛰어나와
손가락을 핥고, 빨고, 야단이었다
엎어진 개밥그릇 위에 걸터앉은 나는
일곱 마리 혀의 애정 행각에 맡겨져
짐승의 어린 시간을 섞고 있었다
오늘은 형의 생일
어둠이 가장 사소한 영역에
소리 없이 스며들며
노을을 흩뿌릴 때까지
형은 소식이 없고
일곱 마리 애정은
신발끈을 고기처럼 물어뜯는데
노을의 붉은 혀는
조용히 마당의 테두리를 핥고 있었다

엉덩이!

삼겹살을 구을 때
8살 아들이 따라주는 소주잔이 너무 맑고 환해서
어깨를 앞으로 젖히다가
네 발 달린 의자가
한 인간의 안정적인 자세와 함께
순식간에 뒤로 와장창 무너지며
엉덩방아를 찧었다
엉덩이에 짜릿한 아픔이 넘치도록 차올랐다
순간 사람의 엉덩이에는 참 많은 것이
들어있어서 이렇게 넘친다는 생각
후손을 예비하는 사랑도 들어있고
육욕의 부력도 들어있고
아픔의 무늬도 어룽거리고
방심도 정박해 있다가
순간 넘치도록 차오르는 바가지이거나
엎질러지는 두레박인 것이다!

피의 성분

벌써 열흘이 넘었는데 생리를 안 해
아내는 나에게 솔직하게 털어놓는다
갱년기냐고 넌지시 농담을 붙이지만
속으로는 자못 피가 마르며 불안하다

저번에는 철철 피가 쏟아져서
하루에 열 번 생리대를 갈았다고 하길래
몇 리터 헌혈해야 하는 것이냐고 또 농담을 붙였는데
이제는 피가 멎는다는 것의 두려움

피를 토하며 내게 말하고 싶은 게 무엇이었는지
환하게 불을 켜고 들여다볼 수도 없는
아내의 몸 속 어둡고 복잡한 골방
모든 게 남편인 내 잘못인 것만 같아서
그저 병원에 가야되는 것 아니냐며
은근히 다그쳐보기도 하면서
같이 가 줄까 크게 선심 쓰듯 대꾸나 해 보지만

피의 성분은 두려움을 견디는 것인지

아내의 거기 문지방에 살며시 손을 대 보고
약간 떨리는 목소리로 제발 아프지 마
이불 속 어둠을 향해 속삭일 뿐

폴짝!

나비는 아주 경쾌하게 폴짝인다
발효한 꽃즙을 마시고 비틀거리며
취중 허공을 건넌다
비틀비틀 살짝 풀린 몸짓은
오히려 끊어진 허공의 길도
폴짝 건널 뛸 수 있는 힘이 된다
꽃향기의 퉁김으로 절벽을 건넌다
여울을 풀어내며 자갈거리는 강바람의 힘으로
강을 건넌다
살짝 취한 듯 비틀거리는 날개짓이
부챗살 같다

칼

칼보다 날카로운 혀가 어디 있을까
사과를 깎을 때
즙으로 날을 벼리는 혀
생선을 다듬어 비린내를 발라낼 때
나는 우리 집에서 칭찬받는 아빠
음식을 잘 다듬어서가 아니라
부엌을 좋아해서도 아니라
단지 칼에게 인정받는 남편이고 싶을 뿐
멍게의 내장을 딸 때
혀를 깨물어 혈서를 쓰는 칼날
칼의 후손이 되는 일
예리한 칼날에게 복종하는 남자가 되는 일
청양고추를 썰 때
슬픔을 단칼에 난도질하는 남자
칼 냄새를 호박과 함께 썰어서
온 가족이 함께 먹는 일
칼이 그어대는 성호

비너스

저녁에 별이 뜨는 시간이 개밥 줄 시각이여서
개밥바라기라고 부르는 별이 곧 샛별이고 계명성이다
미를 상징하는 여신의 이름을 따라 비너스라고도 부른다
크기가 지구와 비슷하여 지구의 자매 행성으로 불리는
샛별에서는 해가 서쪽에서 떠서 동쪽으로 진다
60km 두께의 독한 황산 액체 구름이 밤낮 흘러 다니고
고밀도여서 걸어다닐 수는 없고 엉금엉금 기어 다녀야 하
는 지표는
말랑말랑 녹고 있는 돌멩이와 사막 벌판이 거의 전부다
모래 언덕 뒤에서 떠돌이 약장수가 술에 취해 나타날 것
만 같은데
섭씨 400도가 넘는 지표 온도를 발산하는 뜨거운 샛별은
너무나 난폭해서 매일 대참사가 일어나는 행성이다
지구가 점점 뜨거워진다면 샛별의 대재앙을 닮아갈 것이다

까치의 습성

시멘트 바닥에
몽실몽실 부드러운 쿠션이 생긴다
까치의 다리깽이가 제 몸을 가볍게 퉁기면서 논다
까치가 지닌 놀라운 장점은 어떤 곳에서도
가볍게 이착륙이 가능하다는 것이다
딱딱한 아스팔트에도, 가느다란 전깃줄에도
살짝 앉았다가 예비동작 없이 곧바로
양력을 얻어 하늘로 도약할 수 있다는 것이다
창공에 치솟을 수 있는 심장과
허공에서 방향을 종횡 바꿀 수 있는 날렵한 회전력과
해머보다 더 강력한 파워를 지닌 부리와
떼를 지어 공격할 수 있는 집단 습성
지상전과 공중전을 동시 수행할 수 있는
까치는 독수리나 비둘기, 뱀까지도 거뜬히
생명줄을 농락할 수 있는 것이다
황조롱이를 덤불 속으로 몰아넣고
집단으로 공격하는 까치를 오늘 목격했다
사람 곁에 살면서
사람을 닮아가는 까치를 보았다

달빛의 시신경

내장과 생식기를 누가 발라 갔는지
온몸에 구멍 숭숭 뚫리고
비늘 껍질과 흰 가시만 남은 잉어
필경 어느 낚시꾼의 날카로운 바늘에 걸려
한 생애는 가고 한 생애는 왔으리라
달빛이 풀어놓은 시신경이
푸르게 반짝이며
탈골한 잉어의 텅 빈 육신을 투시하고 있다

토광

곯는 젖배를 문대며 엉금엉금 기어가
식혜 항아리 쉰 밥알을 멍울멍울 빨아먹던 곳
거미가 실 끝에 묻혀오는 몇 톨의 달빛과
짠지처럼 푹 삭은 그늘이 살고 있던 곳
나는 그 시큼한 그늘을 핥으며 배를 채우곤 했다
그 그늘은 내 창자까지 밀려들어와 휘젓곤 했다
할머니의 손톱과 앞치마에서 한참을 놀았던
고추, 마늘, 곶감, 고욤, 감잎, 말린 국화꽃잎 등이
광주리의 자궁 속에 들어와 살던 곳
써늘한 바람이 드나들던 뙤창으로
어느 날 능구렁이 두 마리가 들어왔는데
이틀간의 정사를 끝내고
핏빛 비린내만 남기고 바람벽으로 사라진 곳
나는 내 긴 창자를 꺼내 풀어놓고 싶었다
겨울잠 자는 구렁이 비늘 같은 폭설의 언어가
대지 위로 곤한 목숨 내리고 있는 날
나는 토광에 빨려들 듯 들어가 귀두에 피가 나도록
격렬한 수음을 즐겼다
 밀실의 어둠을 다 빨아 마시었다

흙바닥엔 정충精蟲이 눈발의 힘으로 질펀하게 돌아다녔다
그곳은 어쩌면 어머니의 깊은 자궁에 착상하기 전
나의 전생이 머물던 아버지의 불알 속 궁宮은 아니었을까

뒷걸음

청명한 가을 청암노인요양원에 갔다
저 세상을 목전目前에 두신 할머니를
휠체어에 태우고 조심스럽게 끌었다
내리막길에서는 뒷걸음으로 운전했다
가는 곳마다 뒷걸음이 기다리고 있었다
마치 뿔싸움을 하다가
뒤로 밀리는 염소처럼 걸었다
할머니의 이마에 뿔이 났으면 좋겠다
화력 좋은 빛깔로 가을을 달구었던 풀밭이
군살을 퍼내며 수분을 이탈하고 있다
풀이 풀어놓은 향기의 시간이
지금 무한천공에 스미고 있다
염소들은 건초를 얼마나 맛있게 먹는가
할머니들이 염소가 되었으면 좋겠다

빵집에는 돼지가 산다

소시지를 넣고 야채 가루를 송송 뿌리고 치즈를 녹여 퍼지게 한 크림빵을 보면 발정 난 수컷 돼지의 타액을 연상시킨다. 끊임없이 오븐에 구워지며 탄생하는 빵들은 끊임없이 출산하는 다산성의 돼지 새끼들. 진열된 빵들은 군거群居 생활을 좋아하는 돼지들의 무리. 붉은 황토 빛 빵 덩어리들은 굴토성掘土性을 지닌 돼지의 주둥이가 파헤친 흙무더기. 모카빵은 씨돼지 불알을 빼닮았어. 봐라, 오븐의 고열과 시간 조절, 절묘한 배합의 반죽. 빵집에는 생일을 기념하기 위해 혀를 녹이는 달콤한 성분을 사려는 사람들로 북적인다. 혹여, 고등 동물로 진화한 천재적인 돼지 종족이 빵집을 아지트로 삼아 인간을 세뇌시키려는 음모를 꾸미는 것은 아닐지 몰라.

비를 흠뻑 맞다

수면 가득 비꽃이 피어난다
구름을 살살 터추는 이 누구인가?
하늘과 땅은 비꽃으로 무간無間이다
백로들은 이앙기 뒤를 따르며
힘 센 미꾸라지 포식을 한다
폴짝폴짝 곤죽이 된 진흙 속에서도
백로들은 순백의 깃털 하나
더러워지지 않고 더 희게 빛난다
우렁이가 새까맣게 깔린 도랑
저수지를 건너 물의 발길 닿는 곳
도랑물에 흙때를 대충 씻고
열무김치를 손으로 집어삼키며
빗물 섞인 막걸리를 몇 잔 마신다
술은 비와 같고 비는 술과 같아라
하늘에서 땅으로 주천酒川이 흐른다

시인은 어떤 경계도 넘는다

• 나는 고등학교 교사이자, 한 가정의 가장이며, 시인이다. 이 세 가지 일은 우열을 가리기 힘들만큼 소중하다. 때에 따라 교사로서의 직분에 목숨을 바칠 각오가 되어 있는데, 시인의 길에 목숨을 바치겠다는 생각은 쉽지 않다. 하지만 시 창작의 가치는 목숨보다 소중하다고 생각할 때가 많다.

• 하루 일과 중에 시 쓰는 시간이 규칙적으로 정해진 것은 아니다. 토요일에는 서너 시간 자전거를 탄다. 그 때 시가 터진다. 하루 두 시간 정도는 걷는다. 그 때 시가 걸어 나온다. 하루 1 시간 정도는 다른 시인의 시를 읽는다. 그 때 다른 시인의 시가 모종의 영감을 주기도 한다. 한 달에 한 두 번은 시골에 가서 농사를 짓는다. 그 때 시가 뽑힌다. 새벽에 일어나 30분 정도 사색을 한다. 그 때 살며시 시가 나오기도 한다. 이런 저런 시간을 합치면 하루에 3 시간 정도는 시인의 삶을 사는 듯하다. 매일 서너 줄 정도의 메모는 습관적으로 한다.

• 시가 전혀 나오지 않을 때가 있다. 수업 준비를 할 때

나 수업을 하고 있을 때는 전혀 시가 나오지 않는다. 교사로서 행정 업무를 추진할 때도 전혀 시가 출현하지 않는다. 신문을 보거나 대화를 나누고 있을 때, 진학진로 및 입시 상담을 할 때도 전혀 시가 찾아오지 않는다. 여러 지인들과 술을 먹을 때는 모든 시어가 종적을 감춘다. 즉 시간에 쫓기며 바쁘게 살아가는 삶 속에서 술자리나 모임을 가급적 줄이고 혼자만의 시간을 많이 갖는 게 시쓰기에는 훨씬 유리하다.

• '지금 살고 있다'와 '지금 쓸 수 있다' 사이에는 수많은 장애물이 존재한다. 시인은 역동적인 생활 방식을 통해 많은 사람들과 다양한 방식으로 소통해야만 한다. 그러면서도 혼자만의 고독한 시간에 시를 써야만 한다. 보통 사람의 생활에 무한정 젖어들면서도 시인임을 뜨겁게 자각하는 냉철한 시인의 모습을 수없이 오가야 한다. 이 둘 사이는 계산된 것이 아니다. 아침 6시 30분에 출근해서 밤늦게까지 폭주하는 업무의 연속은 차분한 사색과 고뇌의 시간을 쉽게 허락하지 않는다. 그러나 어찌 생활을 탓하랴. 생활을 탓하면 시인이 될 수 없다. 하지만 육체적 건강을 잃은 것은 고육이다. 육신이 건강해야 정신이 맑고, 정신이 맑아야 시심이 살아있다. 누군가는 육체적 고통이 절실한 시의 육즙이 된다고 하지만 내 경우는 어찌 정반대인가. 몸이 아프니까 시가 시들다. 몸이 아프니 푸념이 앞서고, 의지가 박약해지고, 견성見性이 무디고, 감각도 흐릿하다. 그렇다고 멈출

수는 없다. 미친 야성野性이여! 나에게 오라. 천진天眞이여! 내 기꺼이 목숨을 바치겠다. 아슬아슬하게 세상에 배를 대고 물 위를 날아가는 돌팔매의 정신이여! '지금 살고 있다'와 '지금 쓸 수 있다' 사이를 팽팽하게 날아가라!

• 시는 진실이면서 조작이다. 시는 쓰여지는 것이고 만들어지는 것이다. 일상어에 머물지 않고 더 깊고 넓은 세계로 나아가려고 한다. 그것은 진실을 진지하게 추구하는 행위이면서 동시에 조작과 기술을 필요로 한다. 때로는 허위, 가식 따위도 진실 추구의 방편으로 삼아야 한다. 시인은 진실을 추구하기 위해 거짓말을 하는 사람이기도 하다. 시인은 자신의 능력 이상으로 빼어난 작품을 쓰고 싶은 욕망이 있다. 시인의 눈은 시력 8.0 이상이다. 시인의 눈은 망원경이면서 현미경이다. 보이지 않는 미시적이고 거시적인 세계를 보려고 갈망한다. 일상인의 의식과 체험을 뛰어넘으려 한다. 하지만 독자보다 우월한 위치에서 사물을 관장하려고 해서는 곤란하다. 늘 사물과 대상보다 살짝 낮은 위치에서 바라보려는 난쟁이여야 한다.

• 정주성定住性은 인류 역사에 잠시 끼어드는 형태로만 존재하는 것인지도 모른다. 우리는 떠돌고 싶어한다. 한 곳에 정박하며 살아가는 인생을 따분하게 여기며 더 멀리, 더 깊이 떠나고 싶은 존재인지 모른다. 권력가들의 희한한 발명품인 국가 제도가 국민이라는 이름으로 주민등록증을 만들

고, 여권과 비자를 만들고, 각종 면허증이나 신분증으로 개개인을 제압하고 관리하려 하지만 사람들은 제도의 구속을 벗어나 떠돌기를 원한다. 현재 지구에 사는 60억 인구 중에 18억 이상이 양치기, 낙타 행렬의 상인, 유랑 농경민, 순례자, 전도사, 운수행각, 곡예사, 걸인, 이민자, 망명객, 이주 노동자, 보트 피플, 예술 활동가, 해외 지사 근무나 출장, 국제적 업무 종사, 여행업 등등의 이유로 매일 매일 장거리를 이동하며 살고 있다고 한다. 우리는 여러 가지 이유로 여로형 인생을 살아가는 것이다. 여행이 끝나자 또 길이 시작되는 삶을 벗어날 수 없다. 우주는 넓고 넓어 시작과 끝을 알 수 없기에 인간의 유한성을 자각한 사람들은 unhomely를 향해 끊임없이 부유하는 부박한 항해를 한다. 분자적 개체가 되어 모든 골목이 탈주선이 되고 모든 발걸음이 탈영토의 세계로 나아간다. 시인에게는 어떤 경계도 없다. 우주는 끝이 없고, 시인은 어떤 경계도 넘는다. 시인은 들고양이처럼 떠돌고, 유성처럼 떠도는 존재이기 때문이다. 시인은 호모 노마드다. 시인은 바람이며, 황사이며, 보트피플이며, 폭설이며, 빛이며, 미립자이며, 메두사다. 아무 때나, 시도 때도 없이 싸돌아다니고 부유하는 정신의 소유자들이다.

■ 연보

1968년 음력 7월 24일 충북 진천 용대 마을의 초가집에서
아버지 장충남과 어머니 박동희 사이에서 2남1녀
중 차남으로 태어났다. 삼복 무더위에 나를 낳고 어
머니는 온몸에 땀띠가 나서 이틀 후에 찬물로 목욕
을 하셨다고 한다. 태어나서 병치레가 잦았던 나를
업고 어머니는 매일 십오 리 길 읍내 병원을 다니셨
다. 주위 분들은 지금도 "병약한 너를 포기하지 않
고 살린 것은 네 엄마야. 네 엄마에게 잘 해."라는
말을 종종 하신다.

1975년 구정초등학교에 입학했다. 입학하기 전 한글을 쓰
고 읽을 줄 알았으며, 구구단을 외웠고, 200여 한
자를 외웠던 것으로 기억난다.

1976년 초등학교 2학년. 유임현 담임선생님에게 50여 대
회초리를 맞았다. 전날 실컷 노느라고 산수 숙제를
못했다. 선생님 책상에서 숙제 검사를 받는데 몰래
숙제검사를 받은 것처럼 속였다. 방과 후 선생님은
나를 혼자 남기셨고 종아리를 때리셨다. 종아리에
서 피가 흘렀고 내 눈에서는 닭똥 같은 눈물이 줄줄
흘러내렸다. 교실 바닥에 떨어진 피를 선생님께서
손수건으로 닦아주셨다. 숙제를 다 끝마치자 선생
님은 자전거에 나를 태우고 어두컴컴한 시골길을
비틀거리며 우리 집으로 갔다. 선생님은 우리 집에
서 저녁을 드셨다.

1977년 초등학교 3학년. 차금환 선생님의 집에 종종 가서

딸기를 실컷 따먹었다. 학교에 커다란 토끼우리가 만들어졌다. 등교할 때마다 토끼풀을 뜯어가야했다. 책가방에서 토끼풀에 묻어온 온갖 곤충이 기어 나오곤 했다.

1977년 초등학교 4학년. 7월 며칠 폭우가 쏟아졌고 학교 뒷산 토사가 무너져 토끼장을 덮쳤다. 수백 마리의 토끼가 생매장되었다. 여학생들은 엉엉 울었다. 나는 신통하게도 울지 않았다.

1979년 초등학교 6학년. 진천군 주최 학생 문예 백일장에 학교 대표로 나가 장원을 했다. 메달을 받고 무척 기뻤다. 구체적인 내용은 기억나지 않는다.

1980년 형석중학교 입학. 미술 선생님이 부르시더니 그림 공부를 해 봄이 어떠하냐고 하셨다. 아버지로부터 곁눈질로 붓글씨를 배운 솜씨를 미술 선생님이 알아본 것이었다. 나는 머뭇거리며 승낙을 못했다.

중학교 3년 내내 자전거를 타고 30여 리 길을 통학했다. 한 번은 냇둑 길로 등교하다가 돌부리에 채여 서너 바퀴 자전거와 함께 뒹굴었다. 허리 높이의 물 속으로 빨려 들어갔다. 몸 여러 군데서 피가 스며나와 핏물이 번졌다. 죽다가 살아났다.

부산으로 수학여행을 갔다. 14살에 난생 처음으로 해운대에서 바다를 보았다. 파도소리에 숨이 막힐 듯 엄청난 감격에 휩싸였다. 휩쓸려가고 싶다는 충동을 느꼈다.

1983년 세광고등학교에 입학. 중학교에 이어 또 다시 미술
선생님이 그림 공부를 해 보는 것이 어떠하냐고 진
지하게 물었다. 미술 선생님은 서울대학교를 갈 수
있을 것이라고 했다. 나는 머뭇거리며 또 다시 승낙
을 못했다.

중학교에 이어 나는 여전히 자전거를 타고 20여 리
길을 통학했다. 어느 무더운 여름 날 아침 대성여자
중학교 교문 앞 건널목에서 급정거를 했고 책가방
이 뒤집어져 도시락이 튀어나와 아스팔트 바닥에
내용물을 쏟았다. 밥알과 콩알이 개밥그릇처럼 낭
자한 교문 앞. 여학생들의 비명과 웃음. 뒷수습도
못하고 줄행랑을 쳤다. 그렇게 도시락을 분실했다.

1984년 고등학교 2학년. 나에게 가장 파란만장한 해였다. 중
학교 때처럼 무던히 자전거 체인이 벗겨졌다. 손은 늘
시커멓게 기름이 묻어있었다. 지각을 밥 먹듯이 할 수
밖에 없었고 교문에서 매일 매타작을 받았다. 내 몸에
는 하루 종일 통증과 느끼한 석유냄새가 풍겼다.

7월 어느 날 일요일 새벽 시골집이 홀랑 불탔다. 초
가집이 잿더미가 되었다. 마침 생활비를 타기 위해
한 달에 한 번 시골집에 들른 날이었다. 아버지는
이웃집에서 돈을 꾸어다가 내 주머니에 넣어주시고
는 "걱정하지 마라. 새집 짓는다."라고 하시며 웃었
다. 청주 하숙집으로 오는 버스 안에서 눈물을 하염
없이 흘렸다.

청주시문화원에서 주최한 고교문예백일장에서 시 부문 금상을 수상했다. 청주시문화원에 작품이 전시되었고 많은 여학생들이 작품 아래에 꽃을 꽂아 주었다. 아주대학교에서 주최한 전국고교문예백일장 산문부문에서 은상을 수상했다. 상금 5만원을 받아 하숙생 형들과 함께 무심천 포장마차에서 술도 마시고 담배도 피웠다.

청주 시내를 휩쓸고 다녔던 불량 써클 파라다이스 파의 한 녀석에게 잘못 걸려서 으슥한 공터로 끌려가 온몸에 피멍이 들도록 맞았다. 녀석은 나를 샌드백처럼 두들겼다. 입술에서 핏덩어리가 넘어왔고 정말 초죽음이 되었다.

그 해 가을 친구를 따라 교회에 나갔다. 얼떨결에 성가대에 들었다. 거기서 여학생을 만나 몰래 짝사랑을 했다. 그녀는 넉살이 좋고 거리낌 없이 나에게 말을 걸어왔지만 나는 꿀 먹은 벙어리가 되었다. 그해 겨울 어느 일요일 새벽부터 밤중까지 축구를 했다. 아마 열두 시간 넘게 축구를 했던 것 같다. 밥도 굶었다. 미친 듯 공을 찼다. 대학생 형들과 찼고, 오합지졸과 뒤섞여서 찼고, 혼자서도 찼다. 그날 저녁 집에 돌아와 앓기 시작했다. 다음날 온 몸이 마비가 되기 시작했다. 수족을 움직일 수가 없었다. 병원에 입원했다. 급성 류마티스 관절염이라는 진단을 받았다. 매우 비싼 주사를 한 달 동안 계속 맞았다. 서서히 회복이 되었다.

1987년 고려대학교 사범대학 국어교육과에 입학. 시국이 어수선하여 공부를 제대로 할 수가 없었다. 매일 이어지는 길거리 문화는 엄청난 충격이었다. 나는 무장된 시대 의식이나 이념도 없이 길거리 문화에 빠져들었다. 5,6월은 혜화동, 동대문, 종로, 명동, 신촌 대로와 골목에서 구호를 외치고 춤을 추었다. 거의 매일 막걸리에 취해서 길거리를 쏘다녔다. 종각에서 새벽 2시에 걸어서 미아리까지 도착하자 날이 훤히 밝았다. 하루 종일 걸으면서 살았다. 민주주의를 외치는 최전선에서 멧돼지처럼 걷고, 백로처럼 춤추고, 들개처럼 뛰었다. 서울 한복판에서 내가 키운 것은 도시적 감수성이 아니라 산야山野 기질과 야성이었다. 여름방학 때는 정선아리랑을 채록하러 4박5일 동안 갔었다.

1988년 한 해 동안 도봉산을 50번 정도 올랐다. 5월 무작정 강원도로 무전여행을 떠났다. 원주에서 무조건 걸었다. 6박 7일 노숙을 했다. 발바닥 전체에 물집이 잡혔다. 백련사라는 절에 기어들어가 이틀 꼼짝 못하고 누워 있었다. 제천 의림지를 지나 무전여행을 끝냈다. 6월 서울역에서 경찰에 잡혔다. 관악경찰서로 이송되어 5일을 살다가 나왔다. 여름방학 때 경상도 밀양으로 밀양아리랑을 채록하러 갔다. 이남호 교수님이 민물고기를 잡아오셨다. 매운탕으로 포식을 했다. 초겨울 『현대시학』에 시를 투고했다. 어느 날 오탁번 선생님이 나를 부르셨다. 보드카에 커피를 안주 삼아 시인의 자세에 대해 깊은 얘기를 나누었다. 지금 등단하면 겉멋이 들 수 있다고 말씀해 주셨다. 나는 그 동안 써 온 작품들을 싸들고 북한산에 올라 바위 밑에 몽땅 묻어버렸다. 새롭게 태어나야만 했다.

그해 12월 18일 논산 훈련소에 입대했다. 훈련소에 있을 때 아버지가 서울의 큰 병원에서 생사를 건 큰 수술을 하셨는데 아들인 나에게는 알리지 않았다. 대학교 때 시위 경력으로 일병이 끝날 때까지 기무사의 강도 높은 뒷조사를 다섯 번 받았다. 대학생들이 농활을 많이 왔었고, 우리 군인은 대민봉사활동을 많이 나갔는데 나는 한 번도 나갈 수 없었다. 상병이 되었을 때 기무사의 신임 정보병과 친하게 지낼 수 있었다. 이후로 기무사의 뒷조사를 받지 않았다. 고향 옆집에 살던 불알친구 이영주가 면회를 왔다. 바닷가에서 생굴을 따 먹었고 우리는 서로 바보 천치라고 불렀다. 그 때부터 나는 '바보'가 되었다.

1992년 복학을 했다. 중앙도서관에 있는 시집들을 거의 몽땅 읽었다. 하루에 열 권 이상 읽었다. 신춘문예에 다섯 곳 투고했는데 모두 떨어졌다.

1993년 세계일보 수습기자 모집에 일차 합격했다. 이차 시험에서 떨어졌다. 대학원 준비를 했다. 어느 날 유인종 교육학 교수님이 나를 불렀고 호서고등학교를 추천해 주셨다. 1993년 9월 9일 충남 당진에 있는

호서고등학교에 발령을 받았다. 유인종 교수님은
나중에 서울시 교육감을 하셨다.

1994년 호서고등학교에서 자전거를 타고 시골길을 누볐다.
서해 바다를 쏘다녔다. 열정적인 수업을 했다. 내
수업을 들으며 눈물을 흘리는 학생들도 많았다. 내
책상에는 언제나 들꽃이 놓여 있었다. 어떤 여학생
이 패랭이꽃을 한 달 넘게 꽂아주었다. 그 때 얻은
별명이 '패랭이청년'이었다. 폭우가 쏟아지는 날 운
동장에서 축구를 했다. 교감 아들 녀석과 여러 번
소주를 마시기도 했다. 하숙집을 여학생들이 자꾸
기웃거리는 통에 하숙집 아줌마에게 엄청 혼났다.
평생 반려자 이유진 선생을 만나게 되었다. 매일 한
통의 편지를 써서 이유진 선생에게 몰래 주었다. 그
해 겨울 동아일보 신춘문예 최종심에 올랐으나 떨
어졌다. 이후 7년 동안 시를 쓰지 않게 되었다. 결
사적인 연애와 신혼 시절을 보내느라 시를 쓸 겨를
이 없었다고 해야 하나? 정확한 이유는 알 수 없으
나 7년 동안 전혀 습작도 하지 않았다.

1996년 3월 서울 중산고등학교로 자리를 옮겼다. 결혼하기 전
1년 동안 햇빛이 전혀 들지 않는 반지하 생활을 했다.
일요일마다 이유진 선생이 와서 방청소를 해 주었다.

1997년 3월 17일 이유진의 남편이 되었다. 내 인생에서 가
장 훌륭한 선택을 한 순간이었다.

1998년 2월 아들 장원준이 건강하게 태어났다. 화장실의

거울을 통해 하염없이 감동의 눈물이 흘러내리는 내 얼굴을 오래도록 쳐다보았다. 나중에는 환하게 웃는데도 눈물이 계속 흘러내렸다.

2000년 9월 아들 장재준이 건강하게 태어났다. 눈물은 흘리지 않았으나 무척 기뻤다.

2000년 한국교원대학교 교육대학원 국어교육과에 입학했다. 2002년 겨울방학 때 유성호 교수님의 강의를 들으면서 느닷없이 시심詩心이 불타오르기 시작했다. 용암처럼 강렬한 시심이어서 미친 듯 시를 썼다. 두 달 동안에 공책 두 권 가득 시를 썼다. 100편 넘게 썼다. 소설도 썼다. 장편소설 한 편과 단편소설 세 편을 완성했다. 밤낮으로 글을 썼다. 유성호 교수님을 만나지 않았다면 나는 결코 시인으로 등단하지 못했을 것이다.

2003년 계간지 『시인세계』 가을호를 통해 등단했다. 『시안』 최종심에도 올랐다. 정진규, 오탁번, 이남호 선생님이 매우 좋아하셨다. 유성호 교수님에게는 왠지 부끄러워서 등단했다는 말도 못했다. 유성호 교수님이 먼저 알고 나에게 축하한다고 말씀하셨다.

2005년 장석주 시인이 출판 예정 시집인 『붉디붉은 호랑이』에 대한 서평을 나에게 부탁했다. 문예지 『애지』에 실을 예정이라고 했다. 나는 서평 형식에 구애받지 않고 솔직하게 썼다. 별 어려움 없이 술술 썼다. 그런데 나중에 보니 시집 안에 '해설'로 들어가 있는 것이

아닌가? 깜짝 놀랐다. 그저 애송이 시인에 불과한 내가 장석주 시인의 시집 해설을 썼다는 것이 믿기지 않았다. 모든 사람에게 미안했고, 부끄러웠다. 자신을 밑바닥까지 낮춘 장석주 시인의 무모함과 엉뚱함이 나를 큰 충격과 혼란에 빠트렸다. 그 후 여러 잡지에서 산문 청탁이 많이 왔다. 시보다는 산문을 잘 쓴다는 얘기도 들었다. 그것이 칭찬이 아니라는 사실을 몇 년 지나고 나서 알았다. 무슨 이유에서인지 이후로 평론가들이 내 작품을 언급해주지 않았다.

2006년 첫시집 『유리창』을 문학세계사에서 출간했다. 여러 문예지에서 서평을 실어주었어 몸둘 바를 몰랐다. 4/4분기 우수시집에 선정되었다. 김종해 선생님은 나에게 늘 '좋은시 쓰세요. 시 못 쓰면 국물도 없어요. 시 잘 쓰면 모든 것이 용서됩니다. 나는 좋은시를 만나면 그날은 기분이 날아갈 듯이 좋아요.'라고 수없이 강조하셨다. 그해 나는 몸이 무척 안 좋아졌다. 수술을 받았다. 아내의 보살핌이 컸다. 아내가 나에게 용기를 주었다. 잠자는 아내의 손을 잡고 뜨거운 눈물을 흘렸다. 아프면서 실존에 대해 많은 생각을 했다. 요즘 나는 여러 사정으로 시인들과 잘 어울리지 못한다. 외톨이가 되어도 시만 잘 쓰면 외롭지 않을 거라고 다짐하면서. 그런데 혼자 자전거를 타고 들길이며 산길을 헤매고 다녀도 예술을 논하고 싶은 존재가 자전거 주변에 무수히 많다는 것을 요즘 깨닫고 있다.